小林徳行
Tokko Kobayashi

パンダ＆リンカーン

文芸社

ここは、中国四川省の奥深いパンダ自治国。この国の評議会議長に選ばれたパンダ大王は、今日も、モザン山脈の山懐に抱かれた広場で各地区から選ばれた評議委員を前に熱心に説くのでした。

「わが国には、伝統的な麻雀という固有のゲームがある。東西南北に分かれて勝ち負けを競うゲームだが、それぞれ、例えば東に陣取った者は東にこそ勝利があり、正義があると確信しているし、西に陣取った者は、西にこそ勝利があると信じている」

パンダ大王は、評議委員みんなの顔をよく見ながら話を続けるのでした。

「また、北に陣取っている者は北に、南に陣取っている者は南にと。そのように各自物事を考えるときには、東西南北どこに陣取っていてもその場所のみが世界であると信じやすい」

　パンダ大王は、評議会に臨んだパンダみんなに、自分の言葉を確かめるように話を続けるのでした。

「しかし、自分の立場だけが正しく、他の立場は間違っていると論理が飛躍すると争いになり、戦争にもなる。よくそうなるものだ」

　このパンダ自治国でも、パンダ大王は、苦しい困難な道のりをたどってやっと初めて評議会を創ったのでした。それまでは、パンダの各グループが争いをしていて、パンダ大王はみんなの前で繰り返し、繰り返し大同団結するように熱弁を振るっていたのでした。

　そんなある日、あのアメリカのエーブラハム・リンカーンが、パンダ大王の心労を気遣い、天界から月夜に降りてきたのでした。リ

ンカーンはすぐさまパンダ大王と抱き合って、

「相変わらず下界は大変だのう。これからの二十一世紀、少なくとも後半はアメリカ合衆国と中華人民共和国、そして日本が世界の超大国となり、リーダーとなるだろう。そのことでパンダ大王に会いにきたのじゃ。世界平和のためには誰もが仲良くしなくてはのう」

と、パンダ大王を慰めるのでした。

パンダ大王は、リンカーンをこの上なく尊敬していたので、感激のあまり気を失いそうになってしまうのでした。

パンダ自治国にもいろいろな困難や問題が多くあり、パンダ大王は頭を痛めていたのです。パンダ大王はようやく気が落ち着くと、リンカーンに熱心に質問するのでした。

「今、世界中に核兵器を持っている国はたくさんあります。わが母国の中国も持っているのですが、果たして核戦争は起こるでしょうか？」

パンダ大王は、思い悩んでリンカーンに問うのでした。リンカーンは、

「じつはわが国も日本に原爆を投下し、大部分のアメリカ国民は、日本に大変申しわけなかったと後悔している。二度とこのような残虐非道な兵器を用いて核戦争をするほど人類は愚かではない」

と、リンカーンは拳に力を込めて話すのでした。

「もし、わが同盟国日本が核戦争に巻き込まれれば、アメリカは自国の利益と正義感で日本を守るだろう。だがもし仮にそんなことに

なり、日本が核攻撃を受けて核戦争になれば世界中は滅亡じゃ」

と、リンカーンは声高に言うのでした。そして、

「人類はそんなに愚かではない」

と再び強調するのでした。人類はそんなに愚かではない。リンカーンはまた、日本のような国にお勧めしたいのは、医学防衛論であると語ったのでした。そして、

「医学立国じゃ。日本は世界一の長寿国だし、医学の分野でも先進国の中でも抜きんでて進んでいる。人間誰もが命や健康が一番大切なものだ。もし、世界中の要人が日本の病院で治療を受けているとなれば、各国の要人は、その国の世論を背景にしているのだから、その国の軍隊が、万が一日本に攻め込みたくても、軍隊も動くに動

郵便はがき

恐縮ですが切手を貼ってお出しください

1 6 0 - 0 0 2 2

東京都新宿区
新宿 1－10－1
(株) 文芸社
ご愛読者カード係行

書　名					
お買上書店名	都道府県　　市区郡　　書店				
ふりがな お名前			大正 昭和 平成　年生　歳		
ふりがな ご住所	□□□-□□□□			性別 男・女	
お電話番号	（書籍ご注文の際に必要です）	ご職業			

お買い求めの動機
1. 書店店頭で見て　2. 小社の目録を見て　3. 人にすすめられて
4. 新聞広告、雑誌記事、書評を見て（新聞、雑誌名　　）

上の質問に 1. と答えられた方の直接的な動機
1. タイトル　2. 著者　3. 目次　4. カバーデザイン　5. 帯　6. その他（　　）

ご購読新聞　　新聞	ご購読雑誌

文芸社の本をお買い求めいただき誠にありがとうございます。
この愛読者カードは今後の小社出版の企画およびイベント等の資料として役立たせていただきます。

本書についてのご意見、ご感想をお聞かせください。 ①　内容について
②　カバー、タイトルについて
今後、とりあげてほしいテーマを掲げてください。
最近読んでおもしろかった本と、その理由をお聞かせください。
ご自分の研究成果やお考えを出版してみたいというお気持ちはありますか。 ある　　　ない　　　内容・テーマ（　　　　　　　　　　　　　）
「ある」場合、小社から出版のご案内を希望されますか。 する　　　　　しない

ご協力ありがとうございました。

〈ブックサービスのご案内〉

小社書籍の直接販売を料金着払いの宅急便サービスにて承っております。ご購入希望がございましたら下の欄に書名と冊数をお書きの上ご返送ください。
●送料⇒無料●お支払方法⇒①代金引換の場合のみ代引手数料￥210（税込）がかかります。②クレジットカード払の場合、代引手数料も無料。但し、使用できるカードのご確認やカードNo.が必要になりますので、直接ブックサービス（0120-29-9625）へお申し込みください。

ご注文書名	冊数	ご注文書名	冊数
	冊		冊

けぬ。これがわが同盟国日本のとるべき最善の防衛策じゃよ。さらに言えば、たとえば、Ｑ熱、エキノコックス症、ウイルス性出血熱、また、パーキンソン病、アルツハイマー、癌、小児癌、筋ジストロフィー、また、エイズといった難病、これからもいろいろな難病が発生することだろうが、日本はこれらの難病を研究することにより、世界中に医療を提供することだ。そして、中国やアメリカ合衆国に負けない超大国をめざすべきだ。そうすれば、たとえゲリラでもそんな国でテロを起こすはずがないだろう」

　パンダ大王は、またリンカーンに尋ねました。

「貴国のニクソン大統領は大変勇気のある政治家で、貴国ではいろいろ批判する人がいますが、わがパンダ自治国はもとより、全中国人はニクソン大統領が、米中国交正常化してくれたことを大変感謝し、評価しているのも真実なのです。もしあの時、わが中国の毛沢東首席とニクソン大統領が親密に握手をしていなければ、どれだけの緊張状態が続いていたでしょうか。一歩間違えれば、世界中を震撼させる事態になっていたかもしれません」

パンダ大王は、懸命に話すのでした。パンダ大王はリンカーンに、

「いったいこれから人類はどうなるのでしょう?」

と、不安げに聞くのでした。

すると、リンカーンは、

「少しずつではあるが、世界は良い方向に向かっている。これから、難しく困難な問題が次々と現れてくるであろう。けれども、人類の

英知でことごとく解決していくことであろう」

リンカーンは、考え深げに答えるのでした。そして、

「将来、少しずつであるが、人類は平和で自由で平等で幸福な生活を自ら手に入れていくことになるだろう」

と説くのでした。リンカーンは最後にパンダ大王に、

「度胸は愛に昇華する」

と、諭すのでした。そして、

「そういう人類の指導者は今もおられるのではないだろうか。たとえば、わが国アメリカ合衆国、貴国中華人民共和国、フランス共和国、インド共和国、さらにアフリカの諸国に、また、日本にも……。そういう稀有な指導者もおられるのだから、パンダ大王もその方々

と一度お会いになったらどうだろうか」

と、勧めるのでした。

そして、こう言い終わるとリンカーンは、月夜のかなたに消えていってしまいました。

パンダ大王は、実はもうかなりの高齢でした。そう、リンカーンのおられる天界に行くのも時間の問題でした。

このパンダ大王がパンダの評議会を初めて創ったのですが、評議会ができるまでは、コロミ山地の、それはそれはおいしい竹をめぐって死にものぐるいのパンダ同士の争いがあったのです。

パンダ大王はこのパンダ自治国では、一番の人徳と信頼を勝ち取っていたのです。ゆえに、パンダ評議会を創っただけでなく、最初のパンダ評議会議長だったのです。

パンダ大王はこの国の過激な精鋭グループと最大グループをなんとかまとめていたのです。パンダ大王は、パンダがみんな平和に暮らせるように尽力していたのです。しかし、頭はしっかりしているものの、体は歩くのもやっとのようです。

やがて、パンダ大王は年には勝てず、長年の心労も加わって寝込んでしまったのです。この隙に精鋭グループの頭領パンダが、パンダ大王にささやくのでした。

「われらがおじいさんの頃から、コロミ山地の竹はわれわれのものだった」

パンダ大王の意識がはっきりしないのにつけ込んで、精鋭グループの頭領パンダは力ずくでもコロミ山地の竹を自分たちのものにしようと企んでいたのです。

　最大グループの頭領パンダもまた、

「このコロミ山地はわれわれの古くからの祖先の土地だった」

とささやき、こちらの最大グループの頭領も力ずくでも取り返そうと策を練っていたのです。

　精鋭グループのパンダと最大グループのパンダは、よだれのたれそうなおいしいコロミ山地の竹をめぐって戦闘態勢をとり、今にも戦争が始まりそうです。

　そうこうしているうちにパンダ大王は、たった一人のわが子のイルクパンダに看取られてこの世を去ったのです。そして、亡くなったパンダ大王を慕ってたくさんのパンダが泣いて悲しむのでした。

しかし、精鋭グループのパンダと最大グループのパンダは、人望のあったパンダ大王が亡くなったのをいいことに、コロミ山地の竹を占領したくて、各頭領の言うままに、死に物狂いで戦い始めました。

もう、こうなってはせっかくパンダ大王が苦労に苦労を重ねて創った民主的な評議会は崩壊同然でした。

コロミ山地のおいしい竹をめぐって両グループのパンダが戦い、何匹ものパンダが殺されました。お母さんパンダも、例外ではありません。せっかく生まれても、お母さんパンダが死んでしまうので、赤ちゃんパンダも死んでしまいます。もう、いつ終わるとも知れない内乱が続きました。

　イルクパンダは、もちろんコロミ山地のおいしい竹を食べたことはありません。それは、生前パンダ大王から、

「お腹いっぱいのときに、どんなおいしいコロミ山地の竹を食べてもおいしくない。でも、どんなまずい竹でもお腹がすいていれば、それはそれでおいしいものなのだ」

　パンダ大王はイルクパンダにいつもこう教えていたのです。

　そのうち、精鋭グループの傷ついたパンダや、最大グループの傷ついたパンダ、それに旧評議会のメンバーで、パンダ大王が亡くなってからは、各グループの頭領が怖くて発言できなかったパンダがイルクパンダ中心に結束し始めました。この内乱をやめさせないと

パンダ自治国は滅びてしまいます。

コロミ山地のおいしい竹を争って奪い合うより、生きていくことが先決だという考えのイルクパンダに近づいてくるパンダが日に日に増えてきました。

ついに、イルクパンダは、決起しました。精鋭グループのパンダにも、最大グループのパンダにも攻撃し始めました。三つ巴の戦いとなり、激しい戦いの末、イルクパンダは精鋭グループの頭領パンダと最大グループの頭領パンダを捕えました。

やがて、イルクパンダは苦闘の末、新たにパンダの民主的な評議会を創ることに成功しました。

その評議会で、精鋭グループの頭領パンダと最大グループの頭領パンダをどう裁くかに注目が集まりました。

「殺してしまえ」

という評議員もたくさんいます。イルクパンダは皆の前で落ち着いて話し始めました。

「コロミ山地の特別おいしい竹を食べたいのは誰も同じだ。こんなに死に物狂いで戦った精鋭グループの頭領パンダと最大グループの頭領パンダをそんなに責められるのかな。私だって立場が違っていれば、私が裁きの場に身をおかれていたかもしれない。ここはひとつ両頭領パンダをわれわれの住んでいる山脈に近寄れない奥地に流し、われわれ残ったパンダ全員で平和なパンダ自治国を創っていこうではないか」

と、力強く説くのでした。

これを聞いて不平不満を言う評議員もいましたが、パンダ大王の薫陶あつく育ったイルクパンダの言うことには、ほかのパンダも納得せざるを得ませんでした。

そして、できたてのパンダ評議会の選挙で、イルクパンダはパンダ大王に選ばれたのでした。イルクパンダはあのおいしいコロミ山地の竹は、みんなで平等に順番で食べられるように提案するのでした。

すると、できたてのパンダ評議会から盛んな拍手が上がりました。

名実ともにイルクパンダは、二代目のパンダ大王になったのです。

イルクパンダは評議会のみんなを前に訴え続けるのでした。

「われわれは憎しみで戦っていた精鋭グループと最大グループから全パンダのために愛によって立ち上がった。そして、われわれは勝利を得た。リンカーンさんも奴隷解放のために無償の愛で南北戦争を戦って勝ったのだ。そしてどれだけの奴隷が自由になったことか。また、わがパンダ大王もわれわれを無償の愛で導いてくださった。われわれはこれから無償の愛を国是として新しい国を創っていこうではないか」

と言ったとたん、パンダ評議会のみんなが立ち上がって最大限の賛成の拍手が鳴りやみませんでした。

そして、あたかも天界におられる、パンダ大王もリンカーンも笑っているかのようでした。

パンダ自治国三訓
一、火は生命であり死である。
一、光は生命であり万物である。
一、愛は生命であり時空を超える。

本文イラスト・青木宣人

著者プロフィール

小林 徳行（こばやし とっこう）

昭和27年　長野県生まれ。
青山学院大学卒業後、神奈川県（教諭）、静岡県（講師）、長野県（講師）で小学校教員を経て、現在文筆業。

パンダ&リンカーン

2004年9月15日　初版第1刷発行

著　者　小林 徳行
発行者　瓜谷 綱延
発行所　株式会社文芸社
〒160-0022　東京都新宿区新宿1－10－1
電話　03-5369-3060（編集）
03-5369-2299（販売）

印刷所　株式会社平河工業社

ISBN4-8355-7878-3 C8093